一滴水经过丽江

阿来 著

布果 老鱼 绘

人民文学出版社

图书在版编目（CIP）数据

一滴水经过丽江 : 插图本 / 阿来著 ; 布果，老鱼绘. -- 北京 : 人民文学出版社, 2025. -- ISBN 978-7-02-019225-0

Ⅰ . I217.2

中国版本图书馆 CIP 数据核字 2025CY8134 号

责任编辑　李　娜　杜玉花
装帧设计　朱晓吟

出版发行　人民文学出版社
社　　址　北京市朝内大街 166 号
邮政编码　100705

印　　制　上海盛通时代印刷有限公司
经　　销　全国新华书店等

字　　数　40 千字
开　　本　890 毫米 ×1240 毫米　32
印　　张　2.5
版　　次　2025 年 6 月北京第 1 版
印　　次　2025 年 6 月第 1 次印刷

书　　号　978-7-02-019225-0
定　　价　39.00 元

如有印装质量问题，请与本社图书销售中心调换。电话 : 010-6523359

目录

一滴水经过丽江

布果 绘

我是一片雪，轻盈地落在了玉龙雪山顶上。

有一天，我醒来，发现自己变成了坚硬的冰，和更多的冰挤在一起，缓缓向下流动。在许多年的沉睡里，我变成了玉龙雪山冰川的一部分。我望见了山下绿色的盆地——丽江坝，望见了森林、田野和村庄。张望的时候，我被阳光融化成了一滴水。我想起来，自己的前生，在从高空的雾气化为一片雪，又凝成一粒冰之前，也是一滴水。

是的，我又化成了一滴水，和瀑布里另外的水大声喧哗着扑向山下。在高山上，我们沉默了那么久，终于可以敞开喉咙大声喧哗。一路上，经过了许多高大挺拔的树，名叫松与杉。还有更多的树开满鲜花，叫作杜鹃，叫作山茶。经过马帮来往的驿道，经过纳西族村庄里的

人们，他们都在说：丽江坝，丽江坝。那真是一个山间美丽的大盆地。从玉龙雪山脚下，一直向南，铺展开去。视线尽头，几座小山前，人们正在建筑一座城。村庄里的木匠与石匠，正往那里出发。后来我知道，视野尽头的那些山叫作象山、狮子山，更远一点，叫作笔架山。后来，我知道，那时是明代，纳西族的首领木氏家族率领百姓筑起了名扬世界的四方街。四方街筑成后，一个名叫徐霞客的远游人来了，把玉龙雪山写进了书里，把丽江古城写进了书里，让它们的名字四处流传。

我已经奔流到了丽江坝放牧着牛羊的草甸上，我也要去四方街。

但是，眼前一黑，我就和很多水一起，跌落到地底下去了。丽江人把高山溪流跌落到地下的地方叫作落水洞。落水洞下面，是很深的黑暗。曲折的水道，安静的深潭。在充满寂静和岩石的味道的地下，我又睡去了。

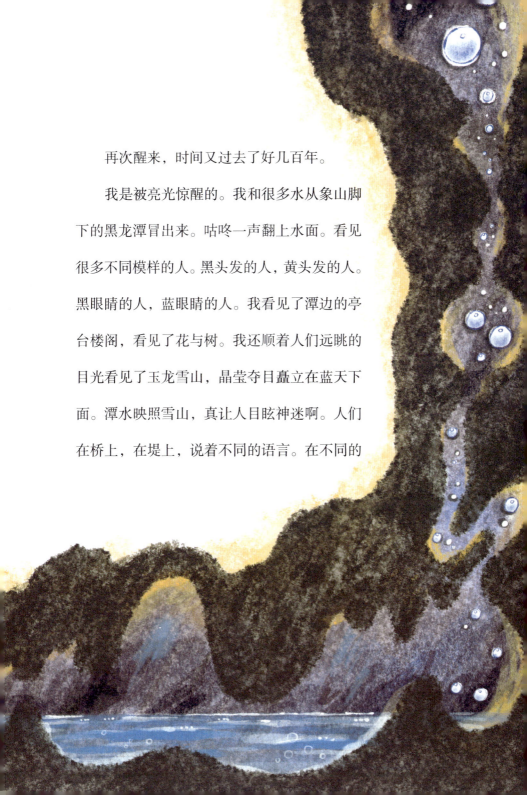

再次醒来，时间又过去了好几百年。

我是被亮光惊醒的。我和很多水从象山脚下的黑龙潭冒出来。咕咚一声翻上水面。看见很多不同模样的人。黑头发的人，黄头发的人。黑眼睛的人，蓝眼睛的人。我看见了潭边的亭台楼阁，看见了花与树。我还顺着人们远眺的目光看见了玉龙雪山，晶莹夺目矗立在蓝天下面。潭水映照雪山，真让人目眩神迷啊。人们在桥上，在堤上，说着不同的语言。在不同的

语言里，都有那个词频频出现：丽江，丽江。这时的丽江已经是一座很大的城了。城里也不是只有最初筑城的纳西人了。如今全中国全世界的人都要来丽江，看纳西古城的四方街，看玉龙雪山。

我记起了跌进落水洞前的心愿：也要流过四方街。

顺着玉河，我来到了四方街前。

进城之前，一道闸口出现在前面。过去，把水拦在闸前，是为了在四方街上的市集散去的黄昏，开闸放水，古城的五花石的街道上，水流漫溢，洗净了街道。今天，一架大水车来把我们扬到高处，游览古城的人要把这水车和清凉的水做一个美丽的背景摄影留念。我乘水车转轮缓缓升高，看到了古城，看到了狮子山上苍劲的老柏树，看到了依山而起的重重房屋，看见了顺水而去的蜿蜒老街。古城的建筑就这样依止于自然，美丽了自然。

从水车上哗然一声跌落下来，回到了玉河。在这里，

我有些犹豫。因为河流将要一分为三，流过古城。作为一滴水，不可能同时从三条河中穿越同一座古城。因此，所有的水，都在稍作徘徊时，被急匆匆的后来者推着前行。来不及做出选择，我就跌进了三条河中的一条，叫作中河的那一条。

我穿过了一道又一道小桥。

我经过叮叮当当敲打着银器的小店。经过挂着水一样碧绿的翡翠的玉器店。经过一座院子，白须垂胸的老者们，在演奏古代的音乐。经过售卖纳西族东巴象形文字的字画店。我想停下来看看，东巴文的"水"字是怎样的写法。但我停不下来，没有看见。我确实想停下来，想被掺入砚池中，被蘸到笔尖，被写成东巴象形文的"水"，挂在店中，那样，来自全世界的人都看见我了。在又一座桥边，一个浇花人把手中的大壶没进了渠中。我立即投身进去，让这个浇花的妇人，把我带进了纳西人三坊一照壁的院子。院子里，兰花在盛开。浇花时，我落在了一朵香气隐约的兰花上。我看到了，楼下正屋，

主人一家在闲话。楼上回廊，寄居的游客端着相机在眺望远山。楼上的客人和楼下的主人大声交谈。客人问主人当地的掌故。主人问客人远方的情形。太阳出来了，我怕被迅速蒸发，借一阵微风跳下花朵，正好跳回浇花壶中。

黄昏时，主人再去打水浇花时，我又回到了穿城而过的水流之中。这时，古城五彩的灯光把渠水辉映得五彩斑斓。游客聚集的茶楼酒吧中，传来人们的欢笑与歌唱。这些人来自远方，在那些地方，即便是寂静时分，他们的内心也很喧哗；在这里，尽情欢歌处，夜凉如水，他们的心像一滴水一样晶莹。

好像是因为那些鼓点的催动，水流得越来越快。很快，我就和更多的水一起出了古城，来到了城外的果园和田地里。一些露珠从树叶上落下，加入了我们。在宽广的丽江坝中流淌，穿越大地时，头顶上是满天星光。

一些薄云掠过月亮时，就像丽江古城中，一个银匠，正在擦拭一只硕大的银盘。

黎明时分，作为一滴水，我来到了喧腾奔流的金沙江边，跃入江流，奔向大海。我知道，作为一滴水，我终于以水的方式走过了丽江。

格拉长大

老鱼 绘

"阿妈，要下雪了。"

在这阴霾天气里，格拉的声音银子般明亮。格拉倚在门口，母亲在他身后歌唱，风吹动遮在窗户上的破羊皮，啪嗒啪嗒响。

"阿妈，羊皮和风给你打拍子呢！"

在我们村子中央的小广场上，听见格拉说话和阿妈唱歌的女人们都会叹一口气，说："真是没心没肝、没脸没皮的东西！活到这个份儿上，还能这么开心！"

　　格拉是一个私生子，娘儿俩住在村子里最低矮窄小还显得空空荡荡的小屋子里。更重要的是，这家的女主人桑丹还有些痴傻。桑丹不是本村人，十来年前吧，村里的羊倌打开羊圈门，看着一群羊子由头羊带领着，一一从他眼皮下面走过。这是生产队的羊，所以，每天早晚，羊倌都会站在羊圈门口，手把着木栅门，细心地数着羊的头数。整个一群一百三十五头都挤挤挨挨地从眼前过去了，圈里的干草中却还睡着一头。羊倌过去拉拉羊尾巴，却把一张皮揭开了。羊皮底下的干草里竟甜睡着一个女人！

　　这个人就是现在没心没肺地歌唱着的格拉的母亲。

　　羊倌像被火烫着一样，念了一声佛号跑开了。羊倌是还俗喇嘛，他的还俗是被迫的，因为寺院被"革命"的人拆毁了。革命者背书一样说，喇嘛是寄生虫，要改造为自食其力的劳动者，所以喇嘛成了牧羊人。

羊圈里有一个来历不明的女人！这个消息像一道闪电，照亮了死气沉沉的村落。人们迅速聚集到羊圈，那个女人还在羊皮下甜甜地睡着。她的脸很脏，不，不对，不是真正让人厌恶的脏，而是像戏中人往脸上画的油彩——黑的油彩、灰的油彩。那是一个雪后的早晨，这个来历不明的女人在干草堆里，在温暖的羊膻味中香甜地睡着，天降神灵般安详。围观的人群也不再出声。然后，女人慢慢睁开了眼睛。刚睁开的眼睛清澄明亮。人群里有了一点骚动，就像被风撼动的树林一样，随即又静下来。女人看见了围着她的人群——居高临下俯瞰她的人群，清澈澄明的眼光散漫浑浊了。她薄薄的嘴唇动起来，自言自语嘀咕着什么，但是，没有人听见她到底说了些什么。她自言自语的时候，就是薄薄的嘴皮快速翻动，而嘴里并不发出一点声音。所以，人们当然不知道她说些什么，或者想说些什么。

　　娥玛扯着大嗓门问她从哪里来，她脸上竟露出羞怯的神情，低下头去，没有回答。

　　洛吾东珠也大着嗓门说，那你总该告诉我们一个名字吧？

　　娥玛说，你没瞧见她不会说话吗？

　　人群里发出了一点笑声，说，瞧瞧，这两个管闲事

的大嗓门干上了。想不到，就在这笑声里，响起了一个柔婉好听的声音："我叫桑丹。"

妇女主任娥玛说："妈呀，这么好听的声音。"

人们说，是比你的大嗓门好听。

娥玛哈哈一笑，说："把她弄到我家去，我要给这可怜人吃点热东西。"她又对露出警惕神情的洛吾东珠说："当然，我也要弄清她的来历。"

桑丹站起来，细心地捡干净沾在头上身上的干草，虽然衣裳陈旧破败，却不给人褴褛肮脏的感觉。

据说，当时还俗喇嘛还赞了一句："不是凡俗的村姑，是高贵的大家闺秀哇！"

娥玛说："反正是你捡来的，就做你老婆好了。"

羊倌连连摇手，追他的羊群去了。

从此，这个来历不明的桑丹就在机村待下来，就像从生下来就是这个村子里一个成员一样。

　　后来，人们更多的发现就是她唱歌的声音比说话还
要好听。村里的轻薄男人也传说，她的身子赛过所有女
人的身子。反正，这个有些呆痴、又有些优雅的女人，
就这样在机村待下来了。人们常听她曼声唱歌，但很少
听她成句说话。她不知跟谁生了两个孩子，第一个是儿
子格拉，今年十二岁了。第二个是一个女儿，生下来不
到两个月，就在吃奶睡觉时，被奶头捂死了。女儿刚死，
她还常常到河边那小坟头上发呆。当夏天到来，茂盛的
青草掩住了坟头，她好像就把这件事情忘了，常常把身

子好看地倚在门口，对着村里的小广场。有人的时候，她看广场上的人，没人的时候，就不晓得她在看什么了。她的儿子格拉身上也多少带着她那种神秘的气质。

所以，母亲唱歌的时候，他说了上面那些话，从那语调上谁也听不出什么，只有格拉知道自己心里不太痛快。

无所事事的人们总要聚集在村中广场上。那个时代的人们脸也常像天空一样阴沉。现在越来越大的风驱使人们四散开去，钻进了自家寨楼的门洞。脸是很怪的东西，晦气的脸、小人物的脸阴沉下来没有什么关系，但有道德的人脸一沉下来，那就真是沉下来了。而在这个时代，大多数人据说都是非常重视道德的。不仅如此，他们还常常开会，准备建设新的道德。

要下雪了，不仅是头顶的天空，身上酸痛的关节也告诉格拉这一点。十二岁的格拉站在门口，眼前机村小广场和刚刚记事时一模一样。广场被一群寨楼围绕，风绕着广场打旋，把絮状的牛羊毛啦、破布啦、干草啦，还有建设新道德用过的破的纸张从西边吹到东边，又窸窸窣窣把那些杂物推到西边。

看到这些，格拉笑了。一笑，就露出了嘴唇两边的尖尖犬齿。大嗓门洛吾东珠说，看看吧，看看他的牙齿

就知道他狗一样活着。

有女人开口了：生了娃娃，连要拔掉旧牙都不知道。那些母牛——格拉心里这样称呼这些自以为是，为一点事就怒气冲冲、哭天抹泪的女人们——就是这些女人使格拉知道，小孩子到换牙的时间，松动的牙齿要用红色丝线拴住、拔除，下牙扔在房顶，上牙丢在墙根，这样新牙才会快快生长。格拉的母亲桑丹却不知道这些。格拉的新牙长出，把没掉的旧牙顶在了嘴唇外边，在那里闪闪发光，就像一对小狗的牙齿，汪汪叫的那种可爱可气的小狗。

议论着比自己晦气倒霉的人事是令人兴奋的，女人们一时兴起，有人学起了小狗的吠叫：汪！汪汪！一声狗叫引起了更多的狗叫。特别是那些年轻媳妇叫得是多么欢实啊！这是黄昏时分，她们及时拔了牙的、有父亲的孩子们从山脚草地上把母牛牵出来，她们正把头靠在

母牛胀鼓鼓的肚皮上挤奶。她们的欢叫声把没有母牛挤奶的格拉母亲桑丹从房里引出来，她身子软软地倚在门框上，看着那些挤奶的女人。

正在嚼舌的那个女人被她看得心慌，一下打翻了奶桶，于是，那天黄昏中便充满了新鲜牛奶的味道。

第二天，村里的人们都说："那条母狗，又怀上了，

不知哪家男人作的孽。"

　　格拉倚在门框上舔舔干裂的嘴唇，感到空气里多了滋润的水汽，好像雪就要下来了。他们母子俩好久没有牛奶喝了。看着空空荡荡的广场，不知第一片雪花什么时候会从空中落下来。格拉想起和次多去刷经寺镇上换米，弄翻了车，喝醉了酒的事。眼下该是中午，却阴暗得像黄昏，只是风中带有的一点湿润和暖意，让人感到这是春天将到的信号了。这场雪肯定是一场大雪，然后就是春天。格拉正在长大，慢慢长成大人了，他已经在想象自己是一个大人了。背后，火塘边体态臃肿的母亲在自言自语，她的双手高高兴兴地忙活着把火塘中心掏空，火就呼呼欢笑起来。

　　"格拉，我们家要来客人了！"

　　"今天吗，阿妈？"

"今天，就要来了。"

格拉进屋，帮母亲把火烧得再大一些。他知道那个客人将来自母亲那小山包一样的肚子里，他长大了，他懂这个。现在屋里已经烧得很暖和了，既然家里穷得什么也没有，就让屋子更加暖和吧，格拉已经十二岁了，能够弄回来足够的干柴。就让母亲，这个终于有一个小男人相帮相助的女人想要多暖和就有多暖和吧。格拉今年十二，明年就十三了。

连阿妈都说："不再小狗一样汪汪叫了，我的格拉宝贝。"

她放肆的亲吻弄得格拉很不自在。

桑丹开始吃煨在火塘边的一罐麦粒饭，饭里还埋了好大一块猪肉。

"我不让你了，儿子。"

格拉端坐不动。

"我要吃得饱饱的。"

"雪要下来了。"

母亲的嘴被那块肥猪肉弄得油光闪闪。"雪一下，客人就要来了，该不是个干干净净的雪娃娃？"

格拉脸红了。

他知道母亲指的是什么，一点忧愁来到了心间。格拉又听到母亲那没心没肺的欢快声音："想要弟弟还是妹妹？"

格拉觉得自己该笑，就努力笑了一下。本来，他也是跟母亲一样会没心没肺地痴笑的。但这一笑，却感到了自己的心和肺，感到自己的心和肺都被个没来由的东西狠狠扯了一下。

"我要给你生个妹妹，我要一只猫一样贴着我身子睡觉的小女孩，你同意吗？"

格拉对着阿妈点点头，却想起河边那个被母亲忘记的、被青草掩埋被白雪覆盖的小小坟头，心肺又像被什么扯了一下。格拉已经有心事了。

"烧一锅水，儿子，给你可怜的阿妈。多谢了，儿子，再放把剪刀在我身边。"

说话间，她已经把那一大罐子饭吃了下去了。在以前，有好东西总是儿子先吃。今天，桑丹把饭吃光了，格拉很高兴母亲这样。

这时，疼痛开始袭击母亲。她一下挺直了腰，咬紧了嘴唇，痛苦又很快离开了。母亲说："格拉，好儿子，客人在敲门了。女人生孩子，男人不好在边上的，你出门去走走吧。"说完，她就躺在了早已预备好的小牛皮上，牛皮下垫上了厚厚的干草。

躺下去后，母亲还努力对他笑笑。出门时，格拉心里像是就此要永别一样难过。

雪，在他出门的时间，终于从密布的灰色云层中

飘了下来。

　　站在飞舞的雪花中间，格拉按了按横插在腰间的长刀。

　　背后，传来母亲尖厉的叫声，格拉知道全村人都听到了这叫声。雪一片片落在他头上，并很快融化，头上的热气竟使雪变成了一片雾气。母亲的声音驱使他往村外走去。

格拉恍然看到了血。

揉揉眼睛，血又消失了，依然只有绵密无声的轻盈雪花在欢快飞舞。

母亲的声音消失时，他已经走到村后的山坡上了。背后传来踏雪声和猎犬兴奋的低吠，有人要趁雪天上山打猎，是几个比格拉大几岁的狂傲家伙。柯基家的阿嘎、汪钦兄弟，大嗓门洛吾东珠的儿子兔嘴齐米，瞧他们那样子就知道是偷偷背走了大人的猎枪。他们超过格拉时，故意把牵狗的细铁链弄得哗哗作响。他们消失在雪中，格拉往前紧走一阵，他们又在雪花中出现了。他们站在那里等他，嘴里喷着白气对着格拉哈哈大笑。格拉准备好了，听他们口中吐出污秽的语言。但母亲放肆的尖叫，像是欢愉又像是悲愤的尖叫声从下边的村子传来，像一道闪电，一道又一道蜿蜒夺目的闪电。几个家伙说：走啊，跟我们打猎去，那个生娃娃的女人没有东西吃，打到了我们分一点给你。

那个娃娃没有老子，你就做他老子。

格拉刚要回答，兔嘴齐米笑起来。他那豆瓣嘴里竟发出和格拉母亲一样的笑声：欢快，而且山间流水一样飞珠溅玉。听到这笑声格拉禁不住也笑了。他像母亲一

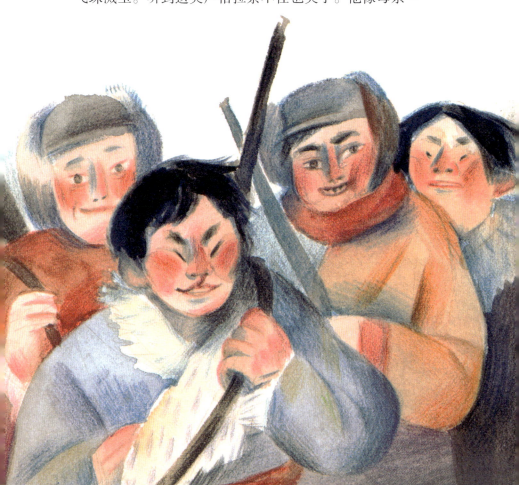

样，总在别人煞有介事愁眉苦脸的时候没心没肺地笑啊笑啊。格拉笑了，兔嘴齐米眼里却射出了因成功愚弄别人而十分得意的光芒。格拉就笑着扑到了这家伙身上，兔嘴齐米扬手扬脚在雪中往坡下翻滚。这时，母亲毫不掩饰的痛苦的声音又在下边的村子里响起来。她在生产又一个没有父亲的孩子时大呼小叫，村里人会说些什么？他们是不是说：这条母狗，叫得多欢实哪？格拉又扑了下去，朝翻滚着的兔嘴背上猛踢一脚，加快了他翻滚的速度。

那个怀了孩子、自己拉扯、并不去找哪个男人麻烦的女人又高声叫喊起来。

兔嘴齐米终于站了起来，立脚未稳就口吐狂言："你敢打我？"他跟他父亲一样，都是村里趋炎附势的小角色，这小角色这时却急红了眼，"你敢打我？"

"你再笑！"

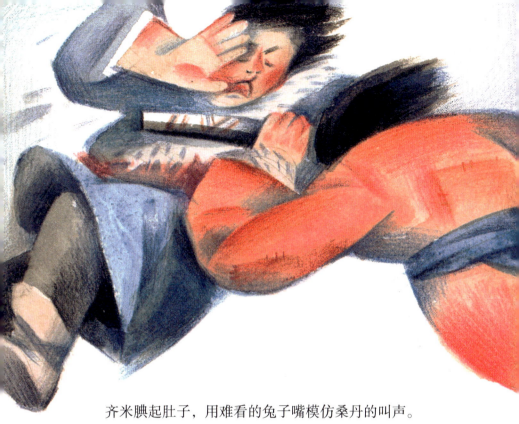

　　齐米腆起肚子，用难看的兔子嘴模仿桑丹的叫声。

格拉心里是有仇恨的，并且一下子就爆发出来了。他拔

出腰间的刀，连着厚厚的木鞘重重横扫在齐米脸上。齐

米一声惨叫，他的猎狗从后面拖住了格拉的腿，兔嘴的

窄脸才没有招来第二下打击。狗几乎把他的腿肚子都咬

穿了。格拉高叫一声，连刀带鞘砸在了狗脖子上。这一

下打得那么重，连刀鞘也碎了。杜鹃花木的碎片飞扬起

来，狗惨叫一声，跑远了。

　　现在，刀是赤裸裸的了，寒光闪闪，雪花落在上面也是铮然有声。兔嘴齐米的脸因为恐怖，也因为塌陷下去的鼻梁而显得更加难看。

　　几个人把一脸是血的兔嘴架下山去。

　　格拉坐在雪地上，看着自己被狗咬的伤口流着血，看着血滴在雪地上，变成殷红的花朵。母亲仍然不知疲倦也不知羞耻地高一声低一声叫着，他想母亲生自己时肯定也是这样。现在好了，儿子和母亲一样疼痛，一样流血。流了血能让人看见，痛苦能变成血是多么好的事情啊。送齐米下山的阿嘎、汪钦兄弟又邀约几个小伙子回来了。格拉在把一团团雪捂在伤口上，染红了，丢掉，又换上一团干净的。他一边扬掉殷红的浸饱鲜血的雪团，一边一声不吭地瞧着他们。这六七个人在他身边绕了好大一个弯子，牵着父亲们的狗，背着父亲们的枪上山打猎去了。

血终于止住了。

母亲的声音小了一些，大概她也感到累了。雪也小了一些，村子的轮廓显现出来。雪掩去了一切杂乱无章的东西，破败的村子蒙尘的村子变得美丽了。望着眼前的景象，格拉脸上浮起了笑容。格拉转过身踏着前面几个人的脚印上山去了，他要跟上他们，像一条狗一样，反正他的名字就是狗的意思。要是他们打到猎物，上山打猎见者有份，他们就要分一点肉给他。格拉要带一点肉给生孩子的桑丹。刚生娃娃的女人需要吃一点好的东西，但家里没有什么好东西给女人吃。格拉要叫她高兴高兴，再给她看腿上的伤口，那是为了告诉母亲格拉知道她有多痛。她是女人就叫唤吧。自己是男人，所以不会叫唤。格拉想象她的眼中会盈满泪水，继而又会快乐地欢笑。这女人是多么地爱笑啊。

笑声比溪水上的阳光还要明亮，却有那么多人像吝惜金子、银子一样吝惜笑声，但她却是那么爱笑。这个女人——他已经开始把母亲看成一个女人——那么漂亮，那么穷困无助，那么暗地里被人需要，明地里又被人鄙弃，却那样快快乐乐。村里人说这女人不是傻子就是疯子。

现在，她又叫起来了。

村里其他女人生孩子都是一声不吭，有人甚至为了一声不吭而憋死了自己。不死的女人都要把生娃娃说得像拉屎拉尿一样轻松，这是女人的一种体面，至少在机村是这样的。这女人却痛快地呼喊着，声音从被雪掩盖的静悄悄的村子中央扶摇而起，向上，向上，向上，像是要一直到达天上，让上界的神灵听到才好一样。

世界却没有任何被这欢乐而又痛苦的声音打动的一点迹象。没有一点风，雪很沉重地一片片坠落下来，只有格拉感到自己正被那声音撕开。从此，作为一个男人，

他就知道，生产就是撕开——把一个活生生的肉体。

格拉往山上走，积雪在脚下咕咕作响，是在代他的心发出呻吟。想到自己初来人世时，并没有一个人像自己一样心疼母亲，眼泪就哗啦啦地流了下来。当他进入森林时，母亲的叫声再也听不到了。

格拉又找到了他们的脚印。

他努力把脚放进步幅最大的那串脚印里，这使得他腿上被凝血黏合的伤口又开裂了。热乎乎的血像虫子一样从腿上往下爬行，但他仍然努力迈着大步。微微仰起的脸上露出了笑容——不知为了什么而开心的笑容，因此显得迷茫的笑容。

枪声。

阴暗的森林深处传来了枪声。也许是因为粗大而密集的树，也许是因为积得厚厚的雪，低沉喑哑的枪声还不如母亲临产的叫声响亮。格拉呆立了一下，然后放开了脚步猛跑起来。沉闷的枪响一声又一声传来。起初还沉着有序，后来就慌乱张皇了。然后，是人一声凄厉而有些愤怒的惨叫在树林中久久回荡。格拉越跑越快，当他感到就要够不上那最大的步子时，那些步子却变小，战战兢兢、犹疑不前了。

格拉也随之慢慢收住了脚步。眼前不远处，一个巨大的树洞前仰躺着一个蠕动的人，旁边俯卧着一只不动

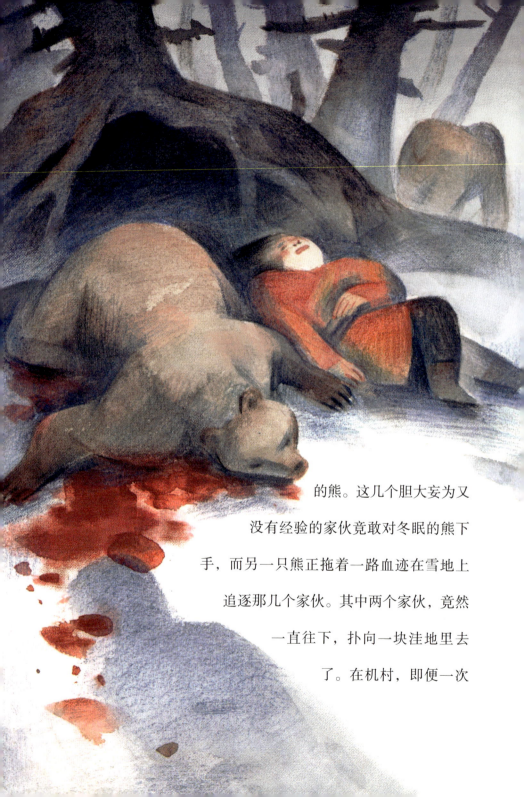

的熊。这几个胆大妄为又没有经验的家伙竟敢对冬眠的熊下手，而另一只熊正拖着一路血迹在雪地上追逐那几个家伙。其中两个家伙，竟然一直往下，扑向一块洼地里去了。在机村，即便一次猎都没有打过的女人都知道，猛兽被打伤后，总是带着愤怒往下俯冲，所以，有经验的猎人，都应该往山坡上跑。但这两个吓傻了的小子却一路往下。那是汪钦兄弟俩，高举着不能及时装药填弹的火枪往洼地里跑去。开初，小小的下坡给了他们速度，熊站住了。这只在冬眠中被惊醒、同伴已经被杀害的熊没想到面前的猎手是这样蠢笨。

摆脱了危险的同伴和格拉同时高叫，要他们不要再往下跑了。

汪钦兄弟依然高举着空枪，往积雪深厚的洼地中央飞跑。斜挂在身上的牛角火药筒和鹿皮弹袋在身上飞舞。熊还站在那里，像是对这两个家伙的愚蠢举动感到吃惊，又像是一个狡猾的猎人在老谋深算。

格拉又叫喊起来。

晚了，两人已冲到洼地的底部，深陷到积雪中了。

他们扔下了枪，拼命往前爬。

格拉扑到和熊睡在一起的那人跟前，捡起了枪。这是他生平第一次端起枪来，他端着枪的手、他的整个身子都禁不住颤抖起来。他嗅到了四周弥散的硝烟味道和血的味道。在机村，那些有父兄的男孩，很小就摸枪，并在成年男人的教导下，学会装弹开枪。格拉这个有娘无爹的孩子，只是带着从母亲那里得来的显得没心没肺

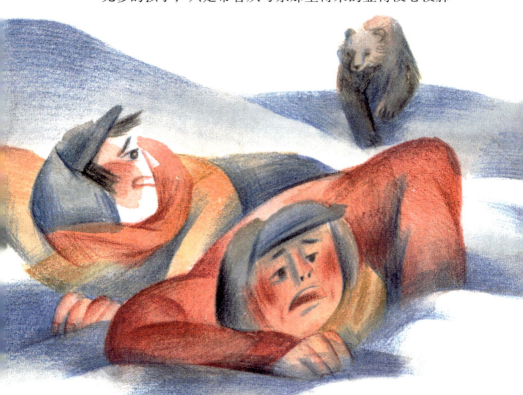

的笑容，看着别的男孩因为亲近了枪而日渐显出男人的气象。现在，他平生第一次端起了枪，往枪膛里灌满火药，从枪口摁进铅弹，再用捅条狠狠地捅进枪膛，压实了火药，然后，扳起枪机，扣上击发的信药，这一切他都飞快完成了。这一切，他早在村里那些成年男子教自己的儿子或兄弟使用猎枪时一遍遍看过，又在梦里一次次温熟了。现在，他镇定下来，像一个猎手一样举起枪来，同时，嗅到了被捣开的熊窝温热腥膻的味道。那熊就站在这种味道的尽头，在雪地映射的惨白光芒中间，血从它身子好几个地方往下淌。

受伤的熊一声嗥叫，从周围树木的梢头，震下一片迷蒙的雪雾。熊往洼地里冲了下去，深深的雪从它沉重的身体两边像水一样分开。

枪在格拉手中跳动一下。

可他没有听到枪声，只感到和自己身子一般高的枪往肩胛上猛击一下。

他甚至看到铅弹在熊身后钻进了积雪，犁开积雪，停在了熊的屁股后面。那几个站在山洼对面的家伙也开枪了。熊中了一弹，重重地跌进了雪窝，在洼地中央沉了下去。但随着一声嗥叫，它又从雪中拱了出来，它跟汪钦兄弟已近在咫尺了。

格拉扔掉空枪，叫了起来：

"汪！汪汪！"

"汪汪！汪！"

他模仿的猎犬叫声欢快而响亮，充满了整个森林，足以激怒任何觉得自己不可冒犯的动物。如果说，开枪对他来说是第一次的话，那么，学狗叫他可是全村第一。他在很多场合学过狗叫，那都是在人们面前，人们说：格拉，叫一个。他就汪汪地叫起来。听到这逼真的狗叫声，那熊回过身来了。格拉感到它的眼光射到了自己身上。那眼光冰一样冷，还带着很沉的分量。格拉打了一个寒噤。然后，他还听见自己叫了一声："妈呀！"就转过身子，甩开双腿往来时的路上，往山下拼命奔逃了。

汪汪！格拉感到自己的腿又流血了，迎面扑来的风湿润沁凉，而身后那风却裹挟着血腥的愤怒。他奔跑着，汪汪地吠叫着，高大的树木屏障迎面敞开，雪已经停了，太阳在树梢间不断闪现。不知什么时候，腰间的长刀握在了手上，随着手起手落，眼前刀光闪烁，拦路的树枝唰唰地被斩落地上。很快，格拉和熊就跑出了云杉和油松组成的真正的森林，进入了次生林中。一株株白桦树迎面扑来，光线也骤然明亮起来，太阳照耀着这银装素裹的世界，照着一头熊和一个孩子在林中飞奔。

格拉回头看看熊。那家伙因为伤势严重，已经抬不起头来了，但仍然气咻咻地跟在后面朝山下猛冲。只要灵巧地转个小弯，体积庞大的熊就会回不过身来，被惯性带着冲下山去。带着那么多伤，它不可能再爬上山来。但现在奔跑越来越镇定并看到了这种选择的格拉却不想这样，他甚至想回身迎住熊，他想大家都不要这样身不

由己地飞奔了。

现在，从山上往下可以看到村子了。

村子里的人也望着他们，从一个个的房屋平台，从村中的小广场向山上张望，看着一头熊追赶着格拉往山下猛冲，积雪被他们踢得四处飞扬。猎狗们在村子里四处乱蹿。而在格拉眼中，那些狗和奔跑的人并不能破坏雪后村子的美丽与安静。

格拉还看到了母亲，在雪后的美丽与宁静中，脸上汗水闪闪发光，浑身散发着温暖的气息，在火塘边睡着

了，睡得像被雪覆盖了的大地一模一样。母亲不再痛苦地呼喊了。那声音飘向四面八方。在中央，留下的是静谧村庄。

格拉突然就决定停下来不跑了，不是跑不动了，而是要阻止这头熊跑进雪后安宁的村子。村子里，有一个可怜的女人在痛苦地生产后正在安静地休息。

那一天，一个雪后的下午，村子中的人们都看到格拉突然反身，迎着下冲的熊挺起了手中的长刀。

格拉刚一转身就感到熊的庞大身躯完全遮蔽了天空，但他还是把刀对准了熊胸前的白点，他感到了刀尖触及皮毛的一刹那，并听到自己和熊的体内发出骨头断裂的咔嚓声。血从熊口中和自己口中喷出来，然后，天地旋转，血腥气变成了有星星点点金光闪耀的黑暗。

格拉掉进了深渊。

在一束光亮的引领下，他又从深渊中浮了上来。

　　母亲的脸在亮光中渐渐显现。他想动一动，但弄痛了身子。他想笑一笑，却弄痛了脸。他发现躺在火塘一边的母亲凝视着他，自己躺在火塘的另一边。

　　"我怎么了？"

　　"你把它杀死了。"

　　"谁？"

　　"儿子，你把熊杀死了，它也把你弄伤了。你救了汪钦兄弟的命，还打断了兔嘴齐米的鼻梁。"

　　母亲一开口，一件又一件的事情就都想起来了，他

知道自己和母亲一样流过血，而身体也经历了与母亲一样的痛苦了。屋外，雪后的光线十分明亮，屋里，火塘中的火苗霍霍抖动，温暖的氛围中漾动着儿子和母亲的血的味道。

"熊呢？"

"他们说你把它杀死了，儿子，"母亲有些虚弱地笑了，"他们把它的皮剥了，铺在你身子下，肉在锅里，已经煮上了。"

格拉虚弱地笑了，他想动一动，但不行，胸口和后背都用夹板固定了，母亲小心翼翼地牵了他的手，去摸身下的熊皮。牵了左手摸左边，牵了右手摸右边。他摸到了，它的爪子，它的耳朵，是一头熊被他睡在身子底下。村里的男人们把熊皮绷开钉在地板上，让杀死它的人躺在上面。杀死它的人被撞断了肋骨，熊临死抓了他一把，在他背上留下了深深的爪痕。当然，这人不够高，熊没

能吻他一下，给一张将来冷峻漂亮的脸留下伤疤。

"这熊真够大。"母亲说。

"我听见你叫了，你疼吗？"

"很疼，我叫你受不了了？"

"不，阿妈。"

母亲眼中泪光闪烁，俯下身来亲吻他的额头。她浑身都是奶水和血的味道，格拉则浑身都是草药和血的味道。

"以前……"格拉伸出舌头舔舔嘴唇，"我，也叫你这么痛？"

"更痛，儿子，可我喜欢。"

格拉咽下一大口唾沫，虽然痛得冒汗，但他努力让自己脸上浮起笑容，用一个自己理解中成年男子应有的低沉而平静的声音问道："他呢？"

"谁？"

格拉甚至有些幽默地眨了眨眼，说："小家伙。"他想父亲们提到小孩子时都是用这种口气的。

母亲笑了，一片红云飞上了她的脸颊。她说："永远不要问我一件事情。"

格拉知道她肯定是指谁是小不点的父亲这个问题，他不会问的。小家伙没有父亲，可以自己来当，自己今天杀死了一头熊，在这个小孩子出生的时候，而自己就只好永远没有父亲了。

桑丹把孩子从一只柳条编成的摇篮里抱出来。孩子正在酣睡，脸上的皮肤是粉红色的，皱着的额头像一个老太太。从血和痛苦中诞生的小家伙浑身散发着奶的气息。

"是你的小妹妹，格拉。"

母亲把小东西放在他身边，小小的她竟然有细细的鼾声。格拉笑了，因为怕牵动伤口，他必须敛着气。这样，

笑声变得沙哑，成年男子一样的沙哑笑声在屋里回荡起来。

"给她起名了吗？"格拉问。

母亲摇头。

"那我来起吧。"

母亲点头，脸上又露出了幸福的笑容。

"就叫她戴芭吧。生她时，下雪，名字就叫雪吧。"

"戴芭？雪？"

"对，雪。"

母亲仰起脸来，仿佛在凝望想象中漫天飞舞的轻盈洁净的雪花。

格拉发话了："你也睡下，我要看你和她睡在一起，你们母女两个。"

母亲顺从地躺在了女儿旁边，仿佛是听从丈夫的吩咐一样。桑丹闭上了双眼，屋子里立即安静下来。雪光透过窗户和门缝射进屋里，照亮了母亲和妹妹的脸。这两张脸彼此间多么相像啊，都那么美丽，那么天真，那么健康，那么无忧无虑。格拉吐了一口气。妹妹也和自己一样，像了母亲，而不是别的什么人，特别是村里的别一个男人，这是他一直隐隐担忧的事情。

格拉转眼去看窗外的天空。

雪后的天空，一片明净的湛蓝还有彩霞的镶边。

火塘上，炖着熊肉的锅开了。

假装睡着的桑丹笑了，说："我得起来，肉汤潽在火里，可惜了。"

格拉说："你一起来，就像我在生娃娃，像是我这个男人生了娃娃。"

母亲笑了，格拉也跟着笑了起来，还是我们机村人常说的那种没心没肺的笑法。

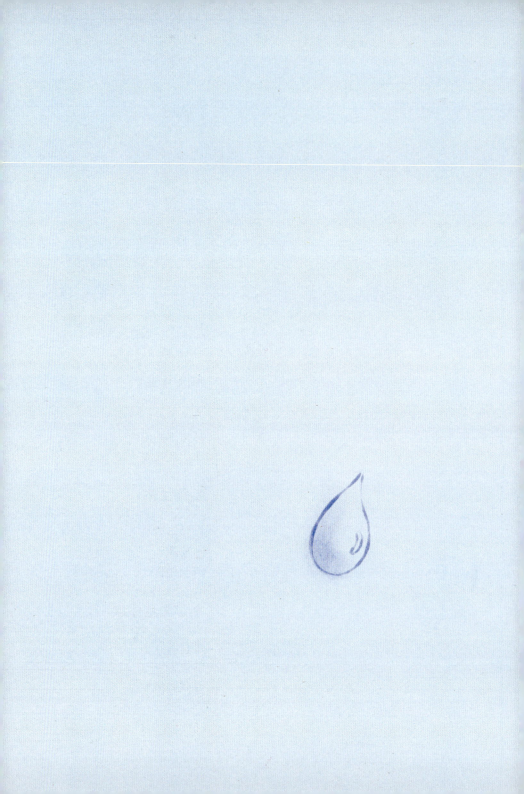